a4 시동인 14집 (2017)

도끼와 씨알

- 박희선 조각가를 찾아서

껍데기는 가라. 사월도 알맹이만 남고 껍데기는 가라. 껍데기는 가라. 동학년 곰나루의, 그 아우성만 살고 껍데기는 가라. 그리하여, 다시 껍데기는 가라. 이곳에선, 두 가슴과 그곳까지 내논 아사달 아사녀가 중립의 초례청 앞에 서서 부끄럼 빛내며 맞절할지니 껍데기는 가라. 한라에서 백두까지 향그러운 흙가슴만 남고 그, 모오든 쇠붙이는 가라.

달아실

 껍데기는 가라. / 四月도 알맹이만 남고 / 껍데기는 가라. // 껍데기는 가라. / 東學年 곰
나루의, 그 아우성만 살고 / 껍데기는 가라. // 그리하여, 다시 / 껍데기는 가라. / 이곳에
선, 두 가슴과 그곳까지 내논 / 아사달 아사녀가 / 中立의 초례청 앞에 서서 / 부끄럼 빛
내며 / 맞절할지니 // 껍데기는 가라. / 漢拏에서 白頭까지 / 향그러운 흙가슴만 남고 /
그, 모오든 쇠붙이는 가라.

 故 박희선 조각가를 쓰려고 하는데, 엉뚱하게 신동엽의 시 「껍데기는 가라」를 씁니다.
실은 엉뚱한 것은 아니지요. 이 책을 다 읽고, 보고 난 후에는 그 이유를 아실 겁니다.

 그가 살았던 집, 부모님을 모시고 살았던 집, 그곳에는 아직도 생전의 작업실이 그대로
있습니다. 아직 완성하지 못한 조각들과 조각에 쓰려고 쌓아둔 나무며 돌이며 연장이며
그런 것들이 고스란히 남아 있습니다. 어쩌면 아직도 그를 기다리고 있는지도 모르겠습
니다. 그의 손길을 기다리고 있는지도 모르겠습니다. 그가 와서 하나의 형상으로 만들어
주기를 기다리고 있는지도 모르겠습니다. 그가 돌아오지 못할 강을 건넜으니 남은 누군
가라도 대신 해야 하지 않을까 싶습니다.

 그런저런 이유로 우리 a4 동인들이 강 건너 저편의 그를 잠시 불러냈습니다. 그의 조각
에 대해, 그의 예술에 대해, 그의 신념과 그가 가고자 했던 길에 대해…… 보고, 듣고, 만지
고 싶었습니다. 과연 우리는 무엇을 보고, 무엇을 듣고, 무엇을 만졌을까요.

잠시나마 지상으로 호출한 그의 숨결을 모쪼록 조금이라도 느낄 수 있었으면 좋겠습니다. 좋은 글 보내주신 전항섭 작가님께 감사의 말씀드립니다. 시의 길을 홀로/함께 걷고 있는 나의 도반들 a4동인들께도 감사의 말씀드립니다.

2017. 10.

a4 회장 박제영 두손

차례

박희선 MEMORY

박희선 추모 산문

박희선 추모 詩

a4동인의 신작시

a4 시동인 14집 (2017)

도끼와 씨알

- 박희선 조각가를 찾아서

껍데기는 가라. 사월도 알맹이만 남고 껍데기는 가라. 껍데기는 가라. 동학년 곰나루의,
그 아우성만 살고 껍데기는 가라. 그리하여, 다시 껍데기는 가라. 이곳에선, 두 가슴과
그곳까지 내논 아사달 아사녀가 중립의 초례청 앞에 서서 부끄럼 빛내며 맞절할지니
껍데기는 가라. 한라에서 백두까지 향그러운 흙가슴만 남고 그, 모오든 쇠붙이는 가라.

달아실

박희선 MEMORY

작품
연보
박희선을 말하다

박희선 작품

[서 있는 사람] 22×18×62㎝, 나무, 1986

[갇힘-빛아] 58×14×64㎝, 나무, 1986

[그해 광주여] 115×25×78cm, 청동, 1987

[像-날개] 68×13×80㎝, 청동, 1987

[슬픈 역사] 120×40×77㎝, 나무, 1988

[역사의 중심에서] 95×50×76㎝, 나무, 1988

[생명-위기] 78×78×150cm, 나무, 1989

[서 있는 사람] 22×19×78㎝, 청동, 1989

[사람-외침] 106×17×76㎝, 나무, 1990

[山-외침] 107×55×66cm, 청동, 1990

[서 있는 사람] 42×23×93㎝, 화강석, 1991

[서 있는 사람] 22×18×84㎝, 나무, 1991

[입맞춤-통일] 55×56×160㎝, 나무, 1993

[부활] 55×23×42cm, 나무, 1993

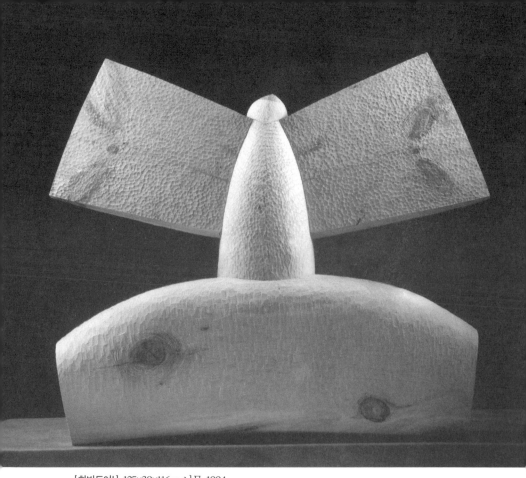

[한반도여!] 125×30×116㎝, 나무, 1994

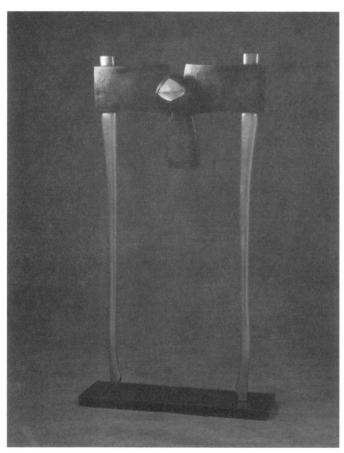

[한반도] 90×27×173cm, 청동, 1994

[솜-자물쇠] 68×21×100㎝, 춘양목, 1995

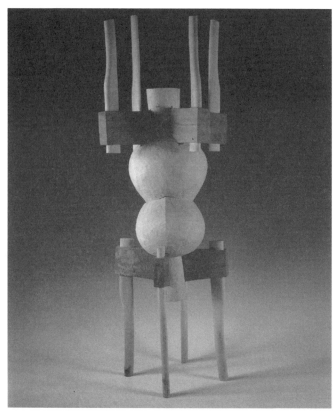

[한반도] 60×64×160㎝, 플라타너스+티크, 1995

[合相生] 95×23×75㎝, 나무, 1996

[통일] 105×30×80㎝, 춘양목, 1996

朴喜善
박희선 연보

1956
10월 3일. 강원도 춘천시 소양로 1가 58번지에서 아버지 박수인(朴守仁)과
어머니 유월선(鎦月善) 사이에서 4남 2녀 중 3남으로 태어남. 본은 밀양.

1964 8세
춘천 근화초등학교 입학.

1969
[사진] 국민학교 6학년 설악산에서.

1970 14세
춘천 소양중학교 입학.

1973 17세
춘천고등학교 입학. 고등학교 1학년 때 미술부에 들어가 조소를 선택, 경희대 주최 전국
고등학교 미술대회에서 우수상 수상. 한국미협 강원도 실기대회에서 다수 수상.

1976 20세
[사진1] 춘천고등학교 졸업.

1977 21세
서울대학교 미술대학 입학.

1980
[사진2] 졸업여행   [사진3] 졸업작품

1

2

3

1981 25세

서울대학교 미술대학 졸업. 서울대학교 대학원 진학. 조소과 조교로 발령 1983년까지 근무. 30회 국전에 입선. 김길진(金吉珍)과 결혼하여 서울 동교동에서 신혼 생활을 시작. 제1회 서울조각회전에 「船」출품.

1982 26세

중앙미술대전에서 「동녘의 語」, 「무쇠」로 특선 수상. 마루조각회를 창립하여 1988년까지 매년 출품. 제2회 서울조각회전에 「동녘의 語」(동판용접) 출품.

1983 27세

춘천으로 이사. 딸 경하(慶河) 출생. 강원도 청년미술인들을 모아 춘천시립미술관에서 높새전을 창립. 제2회 대한민국 미술대전 입선. 군에 입대. 현대공간회 대만전에 「WORK-1」출품. 제2회 서울조각회전(문예진흥원)에 「4月」출품.

1986 30세

군을 제대하고 서울 청담동으로 이사. 경북대학교 예술대학 미술학과 1988년까지 출강. 79인의 서울전(관훈미술관)에 「무제」출품. 제7회 서울조각회전(문예진흥원 미술회관)에 「인간-太」출품. 표현의 새로움전(삼청화랑)에 「서 있는 사람」외 2점 출품. 춘천 환갤러리 개관 기념전에 「서 있는 사람」외 1점 출품.

1987 31세

서울대학교 미술대학 대학원 졸업. 서울대학교 미술대학 1996년까지 출강. 인천대학교 미술학과 출강. 조각 8인전(동덕미술관)에 「솟터-그 해방의 마당에서」출품. 제5회 높새전(춘천시립미술관, 동덕미술관)에 「눌림-생성」외 1점 출품. 제8회 서울조각회전(문예진흥원 미술회관)에 「Human Ⅰ」, 「Human Ⅱ」, 「Human Ⅲ」출품. 제6회 마루조각회전(관훈미술관)에 「像」외 2점 출품. 現·像전(그로리치)에 「像」외 1점 출품. 강원지방 청년미술제(춘천시립문화관)에 「像 87-4」출품.

서울대학교 대학원 시절, 1982

1988 32세

'한국성-그 변용과 가능전'을 서울 동덕미술관에서 창립. 현대조각-그 단면전(바탕골 미술관)에 「像-날개」 출품. 공간의 언어전(문예진흥원 미술회관)에 「像 87-12」 출품. 제7회 마루조각회전(관훈미술관)에 「像 88-Ⅰ」 외 2점 출품. 제9회 서울조각전(서울갤러리)에 「像 88-Ⅲ」 출품. 인간전(土갤러리)에 「인간」 출품. 現·像전(갤러리 현대)에 「인간」 출품. '88 한국현대조각전(춘천문화방송 호반광장)에 「像」 출품. 비무장지대전(관훈미술관)에 「사람-산」 외 1점 출품. 목조 5인의 표현전(土갤러리)에 「슬픈 역사」 외 1점 출품.

1989 33세

제1회 개인전을 서울 土갤러리에서 개최. 춘천으로 이사하여 자택에 작업실을 만들고 작품에 몰두하며 부모님을 모시고 생활. 한국성-그 변용과 가능전(동덕미술관)에 「거꾸러진 역사」 외 1점 출품. 황토현에서 곰나루까지전(예술마당 금강)에 「우금치-씨알」 출품. 제10회 서울조각전(문예진흥원 미술회관)에 「씨알-위기」 출품. '인간, 생각, 오늘'전(전주 온다라미술관)에 「바람맞이」 출품. 운주여!-비무장지대모임 첫 번째 테마전(금호미술관)에 「일어나라 운주의 씨알이여」 외 2점 출품.

1990 34세

서울여자대학교 미술대학 1994년까지 출강. 박희선, 전항섭 2인전을 서울 금호갤러리에서 개최(「산-외침」 외 10점과 드로잉 출품). 터키 앙카라에서 열린 아시아 유럽 미술제에 「바람맞이」 출품. 한국성-그 변용과 가능전(금호미술관)에 「사람-외침」 외 1점 출품. 제11회 서울조각전(문예진흥원 미술회관)에 「사람-山」 출품. 한국현대미술 90년대 작가전(서울시립미술관)에 「씨알-위기」 외 2점 출품. 21세기를 향한 조각의 새 표현전(모란미술관)에 「서 있는 사람」 외 2점 출품. 연세대학교 105주년 기념 청송 야외조각전(연세대학교 청송대)에 「산-사람-외침」 외 1점, (모란미술관)에 「사람-외침」 출품. '90 한국 현대조각초대전(춘천문화방송 호반광장)에 「사람-외침」 출품. 소양강 동인전(선 갤러리)에 「슬픈 역사」 출품. 강원도 미술협회전(원주 가톨릭센터)에 「기원」 출품.

딸과 함께 , 1988

제1회 개인전, 1989

1989년 당시

1991 35세

유럽 여행을 함. 제2회 개인전을 서울 금호갤러리에서 개최(「사람」 외 22점 출품). 강원일보 창간 46주년 기념 박희선 조각 초대전을 춘천시립문화관에서 개최(「사람-외침」 외 45점 출품). 한국 형상조각의 모색과 전망전(모란미술관)에 「이교수의 살풀이」 외 1점 출품. 제12회 서울조각회전(예술의 전당 한가람미술관)에 「아침」 출품. 제17회 세계잼버리 대회 기념 한국성-그 변용과 가능전(고성군 대명콘도미니엄 야외전시장)에 「산-외침」 외 2점 출품. 강원도 미술협회전(속초시립문화회관)에 「像-외침」 출품. '91 한국 현대조각초대전(춘천문화방송 호반광장)에 「산-사람-외침」 출품. 춘천미술협회전(춘천시립문화관)에 「산-사람」 출품.

1992 36세

제13회 서울조각회전(문예진흥원 미술회관)에 「산-외침」 출품. '92 한국현대미술전(덕원미술관)에 「사람-외침」 외 2점 출품. '92 강원도 미술협회전(강릉문화예술관 전시실)에 「산-외침」 출품. 한국성-그 변용과 가능전에 「소양강-1985년 윤희순」 외 2점 출품. 오늘의 한국조각전(울산 MBC 화랑)에 「서 있는 사람」 외 1점 출품. 아침못 창립전(춘천시립문화관)에 「恨」 외 2점 출품. '92 한국현대조각 초대전(춘천문화방송 호반광장)에 「무제」 출품. 현대공간 25주년 기념전(예술의 전당 한가람미술관)에 「역사의 중심에서」 출품. 조각 동세대전(천안 아라리오화랑)에 「피리부는 사람」 외 2점 출품. 우성 김종영 10주기 추모전(예술의 전당 한가람미술관)에 「像-날개」 출품.

1993 37세

서경갤러리 개관 초대전에 「서 있는 사람」 출품. 강원도 미술협회전(춘천 종합문화예술회관)에 「아침」 출품. 제14회 서울조각회전(예술의 전당 한가람미술관)에 「사람-외침」 출품. 한국성-그 변용과 가능전(공평아트센터, 천안 아라리오 화랑)에 「민들레」 출품. 비무장지대 작업전(서울시립미술관)에 「남과 북-민들레」 출품. '93 한국현대조각 초대전(춘천문화방송 호반광장)에 「생명-위기」 출품. 아침못 동인전(춘천 종합문화예술회관)에 「아! 한반도」 출품. 강원현대작가전(춘천 종합문화예술회관)에 「아! 한반도」 출품. 조각 동세대전(천안 아라리오 화랑)에 「아! 한반도」 출품.

1994 38세

동학농민혁명 100주년 기념 새야새야 파랑새야전의 운영위원, 조각부 실무간사 맡음. 민족적 전통 의식을 오늘에 계승하여 새로운 한국적 원형을 탐색하는 점을 높이 평가받아 우성 김종영 기념 사업회로부터 제3회 김종영 조각상을 수상. 제3회 개인전을 서울 서경갤러리, 마석 모란미술관, 춘천문화예술회관에서 개최(「아! 한반도」 외 30여 점 출품). 민중미술 15년전(국립현대미술관) 출품. 한국성-그 변용과 가능전(서경갤러리, 광주 인제갤러리)에 「아! 한반도」 출품.

유럽여행, 1991

김종영 조각상 수상, 1994

1995 39세

성당에 다니기 시작하여 토마스 아퀴나스 영세명을 받음. 아들 준현(埈炫) 출생. 한국미술 2000년대 대표작전(문화갤러리) 출품. 한국조각의 오늘전(종로갤러리) 출품. 프리미티비즘전(모란미술관) 출품. 20세기 동경전(화랑 사계) 출품. 한국성-그 변용과 가능전(종로갤러리) 출품.

1996 40세

중국을 여행함. 강원대학교 예술대학 출강. 오늘의 한국조각-한국현대조각의 조형성전(모란미술관) 출품. 제3회 김종영 조각상 수상 기념전을 서울 가나화랑에서 개최.

1997 41세

춘천미술관에서 1월 11일부터 17일까지 개인전 개최. 3월 1일 간암으로 춘천도립병원에서 타계. 한국성-그 변용과 가능 10년전에 「合」외 3점 작고 작가로 출품. MANIF전 출품. '97 한국현대조각 초대전(춘천문화방송 호반광장) 출품.

아들 준현, 1995

영세받다, 1995

김종영 조각상 수상 기념전, 1996

작업실에서, 1996

1996년 당시

작업실 모습, 1997

박희선을
말하다

박희선은 간결성에 있어서 김수영의 시와 연결시킬 수 있겠지만 한 가지 주제에 대해 집요하게 파고들었고 방법에 있어서도 변화의 진폭이 완만하며 특히 향토적 서정을 중시했다는 점에서 신동엽을 떠올리게 만든다. 무엇보다 박희선은 자신의 작업행위에 깊은 신뢰를 가졌던 조각가였다.

최태만 / 미술평론가

그가 우리에게 보여주려 한 세계는 '상생' 즉, 서로가 더불어 사는 세계인 것이다. 작가가 도끼가 몸에 박힌 작품들에 나타난 위기감과 고통을 넘기고 나서 그의 삶 마지막 시기 동안 제작한 조각은 그가 자신과는 물론 그의 주변과도 화해를 한 증거로 해석할 수 있다.

김정희 / 미술사가

나는 박희선을 볼 때마다 그가 가슴으로 말하는 것을 읽었습니다. 감정이 앞서고 머리가 가까스로 그것을 추스르는 형입니다. 세상이 어지러울 때 더러는 위태위태 하였으나 그는 결코 건넘지는 않았습니다. …… 그러던 그가 도끼를 만들고 칼날을 세웠습니다. 섬뜩해보였습니다. 그것이 마지막 전시회의 풍경이었습니다.

최종태 / 조각가

1988년에 박희선이 말하기를 "내가 역사로 생각하는 이 시간에 역시 역사의 언저리가 아닌 역사의 중심에 서서 통일을 생각하며 일(예술, 창작)을 해야 할 것이 아닌가. 그래서 북에 있는 나의 형제들 뜨거운 입맞춤을 생각해 본다"고 했다. 최태만은 박희선에게 역사조각가란 수식어를 헌정했다. 박희선에게 예술 또는 창작은 역사와 민족에 관한 사유이자 통일의 전망이며 인간다움을 향한 희망이다.

최열 / 미술평론가

박희선 추모 산문

전항섭 조각가

박희선과 함께한 20년

전항섭 조각가

우리의 만남은 1976년 겨울이다. 강원중학교시절 춘천고등학교는 강원도의 영재들을 모아서 기르는 곳이라 누구나 가고 싶어 하는 학교였다. 지금은 돌아가신 허재구 선생님이 춘천의 미술 문화를 열심히 일구어 나가시는 모습을 보면서 강원중학교 미술부 시절에 춘천고 미술부 이야기는 신화에 가까운 이야기들로 전해지면서 막연하게 동경해 보았던 기억이 있다. 강원도 중·고등학교 미술실기대회를 개최해 오셨던 장일섭, 이운식, 김승선 선생님들의 덕분으로 춘천에서 미술 한다는 학생들의 교류가 활발해진 당시 춘천고 미술반의 활동들은 소수정예들이 보여주는 모범적인 모습으로 보였다. 미술실기대회를 나간다는 이유로 학교 수업을 빠지고 그림 그리는 기분이 너무 좋았던 그 시절에 허재구 선생님이 운영하던 일요화가회를 따라다니던 일들과 선생님들 작업실 탐방들은 너무도 기분 좋은 일들이었다. 신천지를 돌아다니듯 새로운 세상들이 펼쳐지는 곳들이었다. 화실들이 그렇게 크지는 않았지만 그림에 집중하는 모습이 좋아 보였던 기억과 입시라는 틀에서 석고상을 그리는 우리의 모습을 생각해 보면서 갈증을 느끼던 때였다. 흐릿해진 시야에 진눈깨비가 휘감아 들어오는 캠프페이지 철조망 길 곁의 캐롤송을 스치면서 춘천고 미술실에 가 보게 된 일이 있었다. 미군부대 철조망과 개천을 마주하면서 일자로 늘어선 창고 같은 별관 건물에 밴드부실이 있고 미술실이 중간에 그리고 그 옆은 연탄창고였다. 교문 대신에 미군부대 방면으로 창고에 반입되는 물건들이 드나드는 철창살 대문을 넘어서 들어간 곳이다.

거기서 이름은 나중에 알았지만 박희선을 만났다.

삐걱이는 나무문을 열고 들어선 곳에 검은색 교복과 빡빡머리에 모자를 눌러 쓰고 다니는 학생의 모습이 아닌, 밤송이 머리에 헐렁한 바바리 같은 외투를 걸친 사람이 있었다. 그림은 그리지 않고 은빛 철사에 매달린, 회색으로 그슬린 연통에 세 개의 연탄이 들어가는 큼직한 무쇠 난로 곁에서 노란색 알루미늄 주전자에 물을 끓이고 있었다. 옆에는 삼양라면 봉지가 있고 나무젓가락이 수북이 쌓여 있었다. 그는 먼지에 빛바랜 형광등이 매달려 있는 침침한 형광등빛 아래에 서서 방문자들을 반가이 맞이해 주는 훈훈함도 있었지만 서먹한 첫 방문을 식구들 대하듯이 편안하게 분위기를 만들어 주었다. 조그만 키에 까까머리 중학생 동생의 손이 찬바람에 튼 것이 안타까워, 라면 끓이려고 데웠던 주전자 물에 손을 담궈 씻으라는 것이다. 쭈뼛하는 후배를 결국 씻게 하고는 그 주전자를 원래 용도로 사용하였다. 개인적으로 아직도 기억에 남는 사건이라고 하겠다. 이후로 춘천고를 입학하고 음악을 하고 싶어 밴드부를 타진하다가 규율 심한 밴드부가 싫어 미술부로 적을 두고 나서 그가 박희선이었다는 것을 알았다. 나에게 3년 선배였다. 그해 시험에서는 낙방을 하고 다음해 재수를 해서 서울대를 입학했다는 소식에 이길종 선생님 후임으로 오셨던 김승선 선생님이 너무도 좋아하셨다는 이야기를 남긴다. 이후 지금은 서울여대를 정년퇴임한 김태호 선배를 비롯해 김재광, 박희선, 조병섭, 구재심, 김대영, 전항섭, 이광택의 계보를 잇는 대학생활과 작업에 대한 이야기들이 가득한 시절에서 그림에 대한 열망을 다 채우지 못하고 군시절에 이승을 떠난 구재심 그리고 한창 작업할 나이에 서울대 교수를 할 기회가 있었음에도 이승에서의 기운을 다스리지 못하고 떠난 박희선을 생각하면서 나와 20년을 같이한 박희선, 그의 작가로서의 삶에 대해 이야기하고자 한다.

예비고사를 치르고 입시라는 관문에 선 1978년 그는 또 한 번 내 앞에 서서 입시에 대한 선택과 결정을 제시하였다. "무조건 서울로 와라." 조그만 화실 겸 자취방에서 서울대 1학년인 조병섭, 박종철과 함께 노량진 부근에 있으니 입시 준비를 와서 하라는 것이다. 며칠 고심할 것도 없이 담임 선생께 이야기 드리고 홀어머니를 뒤로 한 채 구멍가게 하던 곳을 개조한 작업실 겸 화실에서 기거하기 시작했다. 일주일에 3일 배우러 오는 고3 학생과 석고 소묘를 하루 종일 그리던 기억이 지금도 생생하다. 선배들이 입시를 준비했던 삼청동 화실과는 다른 환경에서 시작하면서 쓸쓸한 시간들이 지나고 입시에 임박해 김영석 선배가 제공한 문화촌 화실로 옮겨 여러 명의 서울 학생들과 막바지 입시를 치르고 김대영 선배와 함께 입학을 허가 받았을 때 기뻐했던 박희선의 얼굴은 김승선 선생님의 즐거움과는 다른 속 깊은 기운을 교감한 순간이라고 보겠다. 입학 후에 내로라는 선생님들의 제자를 자처하는 입학생들과 교수에게 '박희선에게 배운 아이도 들어왔다'는 경이스럽다는 이야기가 돌기도 하였다. 입학을 하고서도 한동안 문화촌 '맥'화실에서 박희선 선배와 함께 지내며 서로의 습관들을 익혀나가던 그 시절에 술에 대한 기억이 한 줄 스치는 것이 있었다. 간염 증세를 호소하면서도 술에 집착하는 모습을 보면서 안타까움이 겹쳤던 것이다. 술자리를 같이 할 때면 취할 때까지 가는 것에 논평도 못하고 지켜만 봐야했던 기억이다. 스스로 조절하겠지 하는 생각으로 지냈지만 그것이 빌미를 제공했을 줄이야 생각도 못했던 것이다.

대학을 다니는 내내 박희선 선배의 일거수일투족은 나의 생활과 많은 부분에서 공유되는 것들이 많았다고 볼 수가 있다. 특히, 집안 환경 때문에 짧은 시간에 방위를 마친 나는 대학을 졸업하고 군대를 다녀온 박희선 선배와 대학원 논문을 함께 하는 시간도 갖게 된 일은 박희선 선배와의 작품에 대한 정신적 교감과 운명을 함께한 사건의 시발점이라 할 수가 있겠다. 엄태정 지도교수 아래에서 대학원에 적을 두고 조교 행정업무를 하던 박희선 선배와 한성고등학교에서 교편을 잡고 있던 나와는 작업에 대한 성격이 조금은 다른 경우인데도 불구하고 한국이라는 지정학적 위치와 시대정신을 점검하는 과정을 생각해 보자는 데에는 일정부분 상통하는 부분이 있었다고 생각해 본다. 논문을 쓰는 자료나 논문 제작 과정을 서로 조율하는 일에서 일정 부분 힘을 보태드리려 노력해 보았다. 후에 작품 발표회를 갖게 되는 상황에서도 서로를 이해할 수 있는 좋은 과정이었다고 생각된다. 나는 「음양사상에 기초한 조각 작품 제작 연구」로 박희선 선배는 「토속성을 바탕으로 한 조각 작품 제작 연구-음양사상과 곡신신앙을 중심으로」로 대학원을 함께 졸업하게 되었다. 물론 박희선 선배의 논문이 훨씬 우수한 점수로 통과되었음은 더할 나위가 없었다. 논문 심사 때 최만린 선생님의 극찬이 있었다는 후문에 1980년대 대학원 조소 석사논문의 방향이 정립되는 경향을 보이기도 했다는 것이다. 88서울올림픽을 개최하는 과정에서 올림픽공원이 만들어지고 대규모 조각프로그램들이 연출되는 시점에 조각 작품을 제작하는 정신적 근거를 한국이라는 고유성을 들여다보고 표출하려는 의지가 일정 부분 설득력 있게 보여준 것에 해갈의 면모를 보였으리라 짐작해 보는 점이다. 한동안 '우리 것은 좋은 것이여' 하면서 한류를 찾기 위해 온갖 방법을 찾던 시절의 한 부분으로 생각해 볼 수 있겠다. 졸업 이후에도 박희선은 작업 활동에 탄력을 받아 '마루조각회', '한국성-그 변용과 가능전'들을 결성하며 힘 있는 전시회들을 만들고 '동학기념전'들에도 주도적인 위치에서 운영과 작품 발표회를 병행하며 자신의 의지를 작품으로 불태우는 열정을 강렬하게 보여주었다.

1980~90년대를 지나오면서 그가 애써서 표현하고자 했던 박희선의 작품 세계를 들여다보기 위해서는 그의 대학원 논문을 유심히 들여다볼 기회를 가져야 한다고 생각한다. 여기에 모두 다 설명을 하기는 힘든 부분들이지만 원문들을 소개하며 그가 가졌던 마음들을 보면서 그의 작품이 보여주고자 했던 이야기들을 살펴보자.

먼저 그의 논문 서론에 "감성에 치우쳤던 습작기 이후, 이성에 의한 이론적 당위성과 배경을 연구하게 되었다", "현대미술상 지배적인 형상으로 나타나는 서구적 이미지의 원형이라 생각했던 ○, △, □ 등의 기하학 도형에 있어, 우리의 원천 사상과 형태 감각에 잠재되어 이어온 의미와 내용을 동양 사상과 한국 전통사상에서 연구하여 이성적 이미지를 찾으려 하였다"고 쓰고 있다. 또한, "밖으로 향한 눈을 안으로 향하게 하여 국수적이거나 편협한 민족주의가 아닌 숨겨진 역사와 전통문화의 상대적 특수성과 보편성을 찾아 미래에 가치가 될 수 있도록 하는 것이다"라고 썼다. 여기서 박희선은 우성 김종영 선생과 최종태 선생이 이야기하던 '특수성'과 '보편성'에 초점을 두고 자신의 작품을 이끌어 가려고 했음을 엿볼 수가 있다. 그의 작품은 인간이 자연 속에서 살아 왔던 원초성을 바탕으로 죽음과 삶을 바라보는 시선과 의식주를 자연의 질서와 법칙 속에 어떤 진리나 가치규범이 있음을 이야기하는 데 근본을 두고 있다고 하겠다. 특히, 그의 작품에서 보여지는 '곡신신앙'에 대한 이야기의 근거를 눈여겨 볼만하다. 단군 신화를 예로 한 웅녀에 대한 표현은 식물의 씨앗이 땅에 묻혀 싹이 나오는 상태를 비교 상징화한 것으로 "웅녀가 햇빛을 못 본 채 동굴 속에 있다가 빛을 본 것은 일단 죽어서 탄생 이전의 모태로 들어갔다가 다시 창조되어 재생하는 것으로 낱알의 신비스러운 과정에 대한 상징적 표현이다"라고 이야기하면서 햇빛을 '천신'의 개념으로, 웅녀를 농경신인 '지모신'으로 표현하면서 음양의 교감으로 새로운 시대를 표상하는 농경문화의 탄생 설화로서 '알영'과 같은 난생 설화도 이와 같은 의미로 보고 있다. 신화 시대에 숨겨진 인간적인 의미의 사유를 박희선은 한민족이 현재까지의 잠재 사상으로 토속성의 곡신 신앙을 바탕으로 한 『어둠의 미학』이라고 규정한다. "어둠이 있어서 비로소 빛이 있다. 빛을 낳기 위한 어둠(대지의 곡식 낱알 형태)과 삶을 가능케 하기 위한 죽음(재생의 전이과정인 땅에 떨어짐)으로 설명되어지는 빛과 어둠의 관계로서 음양 사상과 곡신 신앙의 융합"이라고 하였다.

그의 작품에서 보여지는 사각형과 구, 삼각형의 모양들은 음과 양, 중성의 세 가지 음양 원리를 나타내는 것으로 사각틀 안에서 입을 벌린 듯한 일련의 표현들은 원, 사각형, 삼각형이 전체로 어우러진 도형으로 양(하늘), 음(땅), 중성(사람)이 어우러진 모습이라고 볼 수 있겠다. "사각형 속에 원은 인체의 도형으로 「마음의 근본은 밝음을 우러러 보는 태양이 있다」라는 말의 의미와 부합"한다고 이야기 한다. 사진에서 보는 것처럼 그의 대학원 논문발표 작품에는 이런 표정의 작품들이 시멘트와 돌 나무들을 재료로 대부분을 차지하였다.

그가 작품에 대한 설명 중 입모양을 한 머리 부분의 설명을 보면

"현대미술에 있어서는 ○, □의 만남(造形)은 우연적이면서도 20세기 인간의 심리 상태를 상징적으로 나타낸다고 볼 수 있으며 세기말의 모든 상황적(인간 정신은 뿌리를 잃고, 모든 정치적 소외나 심리적 분열로 인한 위협) 묘사로 직선으로만 이루어진 □에 생명적 표상으로 ○의 만남은 당연한 것이라 할 수 있다.
사각형 안에 각진 선과 사선은 고독하게 홀로 존재하며 한편으로는 확장의 의미를 갖는 본질적 형태인 것이다. ⟋ 형태 속에 (>)선은 두 개의 힘이 일회적인 충돌 후에 그 작용이 고정되어 생겨난 결과다. 하지만 이 단순한 과정은 직선과 각진 선과의 중요한 차이를 초래한다. 즉 각진 선에는 사각면과의 접촉이 보다 강하게 느껴지는 감각이 생겨나는 것이다. 그리하여 각진 선은 이미 무엇인가 면적인 요소를 그 자체 내에 지니고 있어 면은 막 생겨나려는 상태에 있고 각진 선으로 이루어진 삼각형은 사각형의 수평·수직선과 대비를 이루고 있다.
이러한 각진 선을 지닌 ♪ 형상은 원과 다른 기본 울림으로 사각형과 원의 관계에 의하여 생겨난 변조 상황이다. 사각형 안에서 삼각형은 원과 마찬가지로 닫힌 공간에 무한히 움직이려는 가능성 중에서 가장 간결한 형태이다. 엄중, 엄격한 수직·수평선으로 이루어진 □ 속에 작은 사선들의 합체인 ♪ 은 더욱 긴장을 내포하는 것으로 뻗어 내려는 울림의 표현인 것이다.
이리하여 사각형 안에 ♪ 은 첨예한 삼각면과 곡면으로 구성되어져 사각형의 닫힌 공간에 무한한 움직임의 가능성을 내포한 가장 간결한 긴장의 덩어리인 것이다. 폭력적으로 크거나 꽉 짜여진 사각형 안에서의 ♪ (알맹이)은 잠재적으로 휴식하는 속에 어떠한 동작을 위한 꿈틀거림의 시초이며 얼어붙은 대지를 뚫고 나오려는 번식을 전제로 한 싹이며 확장과 성장의 의미를 갖는 씨앗의 눈과 입이며 외

침인 것이다."

"알맹이란 '을'이라 표기하며 우리 민족 고유의 낱말로서 '씨을' 등으로 표기하며 한민족 의식 저변에 깔려 있는 종족 이음의 종자를 의미한다. 씨을은 하나하나 낱개(개체)이면서 제각기 생명을 지니게 된다"고 이야기하면서 창작으로서의 조형 영역에서 이를 이론적 배경을 삼아 창작 활동의 밑거름으로 보편성을 확보하려고 하였음을 엿볼 수 있다.

대학원 논문의 연구를 바탕으로 민중미술이 휩쓸고 지나가는 시기에 자신의 의지를 미적 성찰에 두면서도 민미협에 몸을 담고 주도적인 활동을 하여 온 것은 아마도 이런 토속 신앙적인 원초성에 바탕을 둔 의식이 역사를 되돌아보며 조형 문화의 역사를 바른 방향으로 이끌어 보려는 열망을 보여준 것이 아니었을까 한다.

1990년 금호미술관에서 박희선과 2인전을 개최하면서 인간에 대한 애정을 바탕으로 작업하려는 나와 다르게 한반도의 상황과 아픔에 가슴을 기대고 보여준 작업들은 그가 추구하는 마음을 엿보게 한 사건이었다. 「서 있는 사람」에서부터 「우금치-씨알」「산-외침」「사람-외침」「한반도-위기」 등으로 이어지는 무언의 소리들이 한반도 땅의 아픔을 대변하고 있음을 보았다. 나중에 '합'과 '빛'으로 이어지는 작품들을 보면서 한반도의 미래를 예견하려는 마음을 들여다보는 기회를 갖게 되고 앞으로 전개될 작업에 대한 기대감이 팽팽하게 열려 있을 때 그에 대한 소식은 날벼락이라고 볼 수밖에 없는 것이었다.

한 달을 못 넘긴다는 이야기가 들리더니 급기야 박희선은 우리와 다른 세상으로 떠났다. 박희선은 작업에 대한 열정과 산다는 것에 대해 여러 가지 회한에 젖게 하면서 우리를 뒤에 남기고 떠난 작가가 되었다. 그를 보내고 한동안 작업을 할 수가 없었다. 그동안 '박희선 작가가 나에게 어떤 인물인가?'를 생각하게 한 것이다. 박희선, 그가 작품전을 열면 나도 심기일전해서, 주거니 받거니 하듯이 개인전을 가졌던 일들이 생각나면서 '살아 있는 내게 작업이 무슨 의미가 있는가?' 반문하게 되었고 이 화두를 아주 오랫동안 곱씹으며 한 시절을 보내고, 2013년 작품전을 아라 아트센터에서 하면서 비로소 화두를 풀 수 있었다. 박희선은 나에게 '사랑'이라는 메시지를 주었다고 생각했다. 인간이 가진 모든 동력은 사랑에서 출발하고 사랑으로 귀결된다고 전하는 바를 '나무속의 방'으로 풀었다.

 박희선이 남긴 작품들을 생각하면서 '그가 아직 살아 있구나!' 라는 기분을 가지게 되는 것은 작품이 주는 메시지와 그 숨결이 보이기 때문일 것이다. 그를 떠나보낸 지 또한 20년이 흘렀다. 함께한 20년 동안의 흔적이 가물가물해지는 세월의 우여곡절에도 그가 남긴 불멸의 작품들은 내 가슴에 각인되어 나를 채찍질하기도 하고 위로해 주기도 한다. 그의 작업 중에 「민들레」 작품은 아직도 나의 마음에 깊게 남아 있다. 그가 그토록 바라왔던 소망들이 우리들 안에서 함께 꽃피고 이루어지기를 다시 한 번 열망해 본다.*

* [작품 Ⅳ] 65×45×35㎝, 석고 +시멘트

 전항섭

 1979년 춘천고등학교 졸업. 1983년 서울대학교 미술대학 조소과 졸업. 1987년 서울대학교 대학원 조소과 졸업. 개인전 8회, 2인전 3회, 단체전 130회 개회. 대한민국미술대전 특선(6회, 7회), 우성김종영조각상, 경기예술대상, 한국현대조각초대전작품상 수상. 현재 한국조각가협회부이사장.

박희선 추모 詩

희선이 형*

권준호

1983
형은 사단장 따까리였다
탱크를 몰고 광주에 투입된 부대였다
형이 제대할 무렵 나는 그 부대 군악대로 배치됐다
국난극복기장이 버려진 빈 관물대에 이등병 관등성명을 붙였다

1984
가끔 사단장 회식 자리에도 불려갔다
참모들의 목마 위에서 팔뚝을 흔들어대다
제 이름 박힌 손목시계를 하사하는 장군님과
감격에 겨운 거수경례로 힘이 잔뜩 밴 말똥 참모

1986
시간은 좀비처럼 느려 터졌지만 악몽은 끝나고
양평 남한강변에서 춘천 북한강변으로 돌아왔다
따라갔던 안개도 따라왔고
삼거리다방 미스 김도 떠났다

1995
형은 한반도에 도끼를 꽂고 있었다
자유, 외침, 무죄, 그해 광주여 등등
민들레 꺾인 허리를 세우는 동안
나는 달랑 아들 하나 만들었다

1996
글쟁이, 그림쟁이, 연극쟁이, 쟁이들과 떠난 겨울여행에서
오대산 하얀 산방에서 영지 한 자루를 샀다
형의 작업실 화목난로 위에서
노란 달이 콧김을 뿜기 시작했다

1997
주노도 매일 술이지? 이거 마셔!
겨울이 녹기도 전에 난로는 식어버렸고
형은 더 이상 도끼를 잡을 수 없었다
도끼 꽂을 일들이 하 세월 쌓여만 갔다

2017
내 갓난 아들은 전방의 초병이 되었고,
형의 유작들을 전시장으로 옮긴 그날 밤부터
촛불들이 모이기 시작했다 민들레 불꽃들이
도끼날처럼 타올라 권력 하나를 찍어 내렸다

* 형 : 박희선-조각가. 1997년 3월 1일 간암으로 사망. 2016년 10월 29일부터 촛불집회가 시작됐고, 다음 날
부터 '故박희선 작가 유작특별전'이 열렸다.

박희선과 함께했던 1996년 겨울여행

춘천같이 슬픈

권준호

34살 이정이 가고 4년 뒤
41살 희선이 가고 다음 해
39살 도옥이 갔다

이정과 도옥은 동갑이고
56년생 희선이 세 살 많다
희선과 이정은 소양로 출신이라
옆구리로 소양강이 흘렀고
이정은 일찍 서울로 흘러가
돌아오지 못했다
봉의산 뒤뜨르에 혼자 살던 도옥은
희선이 가고 돌아온 첫 겨울을
건너지 않았다 그렇게
스스로 길을 내어 떠나고
사나흘 눈이 쌓였다
눈이 아니었으면 안개가 덮쳤을 것이다
춘천의 겨울은
눈이라도 안개라도 덮어야
맨살의 사연들이 견딜 수 있었다

아픈 시인이 되었다가
반도를 다듬는 조각가가 되었다가
지독히 외로운 소설가가 되었다가
모두 서둘러 떠났지만
지금도
춘천같이 아름다운 이름
이정, 희선, 도옥이
춘천과 같이 흐르고 있다

박희선 조각가   이상국 시인

창균 시인   박명환 연극배우   권준호 시인   김흥주 시인 손홍기 시인

씨 을 _ 故 박희선 조각가의 작품에서

김춘배

씨 을이 자라서
한 그루 나무 되어
베어지고
도끼자루로 만들어져

너와 나의 운명과
반도의 恨과 역사를 찍어내는
깊은 함성이 될 줄은 몰랐다

깎고 다듬어져
양팔 벌려 포옹하는
춤사위 되고

또 하나의 기념비로 세워지는
못 다한 한 사내의 생애
그 울음으로 꽃피는
씨 을의 노래

그 오랜 여운일 줄이야

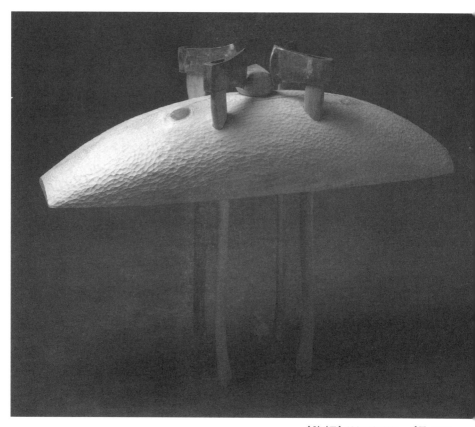

[한반도] 130×40×110㎝, 나무, 1994

생가라는 유작

민왕기

조각가의 생가(生家)가 천천히 기울어지고 있다

이 생가는 조각가가 남긴 가장 오래 된 작품

조각가가 살던 집은 청동처럼 단단하지 않고
조각가가 웃던 집은 돌처럼 매끈하지 않다

담장엔 금이 세 개, 지붕엔 얼룩이 열두 개

그러니 삶이 어려울 때, 춘천 근방 한 조각가의 옛 집 들러보라

그곳도 허물어지고 있다 그곳도 앓고 있다

생가가 유작보다 더 아프고, 유작보다 생가가 더 사무치는 날

천천히 돌과 청동을 오르는 이끼와 노을만이
생가라는 가장 아픈 유작을 어루만지고 있었음을 깨닫는 시간이 있다

박희선 조각가의 작업실이 있는 생가(춘천 소양로)

나에게 도끼를

박기동

도끼 여러 개를 거꾸로 박아놓은 원목
견고한 도끼를 네 줄로 박아놓은 박희선의 「DMZ」라는
조각작품을 보고 나오는 길
내 몸에 도끼가 박혀 있는 것도 모르고,

허리에 도끼가 박혀있는 것도 모르고
뭐, 나에게 도끼를 달라고?

철조망을 허리에 두르고 악을 써대면서
나를 살려다오, 아니면 도끼를 다오.
하늘을 나는 새와 땅 사이로 흐르는 물이 넘나들 수 있다면
북한 처녀에게 연애편지를 쓰는 우리 민중시인은
끝없이 써대리라, 쓰러질 때까지

[시작노트]
일종의 콤플렉스라고 생각한다. 자실(自實) 때부터 그랬다. 다소 달라졌다고 내 몸을 날름 옮길 수는 없었다.
그러던 차에 박희선 작가는 춘천에서 전시회를 열었다.
나의 두 번째 시집 『내 몸이 동굴이다』(1997)에 수록된 것을 옮겨본다.

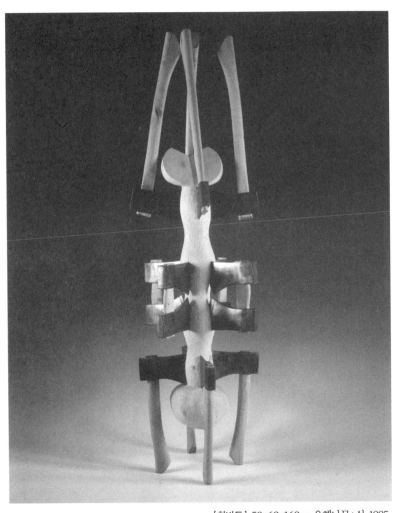

[한반도] 50×60×160cm, 은행나무+쇠, 1995

민들레-남과 북*

박제영

들레야 피어라
내 죽어도 너는 살아
피어라 들레야
한라에서 백두까지 훨훨 날아
백두에서 한라까지 훨훨 날아
남과 북 하나로 덮어라 덮어서
하얗게 노랗게 물들여라
너를 붙들어 맨 적들의 손목을
단칼에 베어버리고
너를 옭아맨 적들의 배를
쩍하니 가르고 나와
북과 남 하나로 덮어라 덮어서
노랗게 하얗게 물들여라

*故 박희선의 조각 작품

[민들레 - 남과 북] 36×33×160㎝, 나무, 1993

우금치-씨알*

박제영

그때는 다 동학이었네라
누구라 할 것도 없네라
왕과 양반들 친일 모리배들 빼고는 죄다
남자고 여자고 애고 어른이고
조선 사람이믄 죄다 동학이었네라
저 무너미 고개 넘어 곰나루 돌아
우금치에서 다 죽었네라
몽둥이 들고 죽창 들고
왜놈들 신식총과 맞섰으니
계란으로 바위를 치는 격이었네라
우금치 마루는 시체로 하얗게 덮였고
시엿골 개천은 아흐레 동안 핏물이 콸콸 흘렀네라
준자 봉자 최준봉
녹두장군 모셨던 할배도 게서 죽었네라
니는 우금치가 낳은 씨알이네라
우금치를 잊으면 사람이 아니네라

*故 박희선의 조각 작품

[우금치 - 씨알] 100×33×95㎝, 청동, 1989

한반도*, 너무 먼 키스

송병숙

입술 끝에서 검은 연기가 피어오른다
못내 불붙지 않았다는 뜻이다
거꾸로 매달린 두 입술이 꽁꽁 못 박힌 땅
그을린 입술 속으로 슬픈 역사가 말려들어간다
시집가는 대추나무 전설이 단오 맞이하듯
뜨거운 불덩어리 돌쩌귀에 맞물리는 날
아랫배 온돌처럼 지지고 들판에 나아가자
반만 몸을 내준 당신의 빙판 위로 폭설이 내리고
불량식품 같은 판타지가 헛웃음을 날려도
십자가를 짊어진 사내 하나 겨울강을 묵묵히 건너가고 있다
촛불 켠 그리움 연등처럼 내걸고
뼛속까지 아린 통점 잘게 부수며 가고 있다
어느 봄
아픔이 가루되고 그 경계 흐릿해져
들숨과 날숨이 편안해져 온 산하에 꽃 피면
돌아누운 입술 서로 당겨 뜨거운 입맞춤 하고자
조여 오는 얼음장 두 팔로 밀어내며
궁서체로 걷고 있다

*故 박희선의 조각 작품

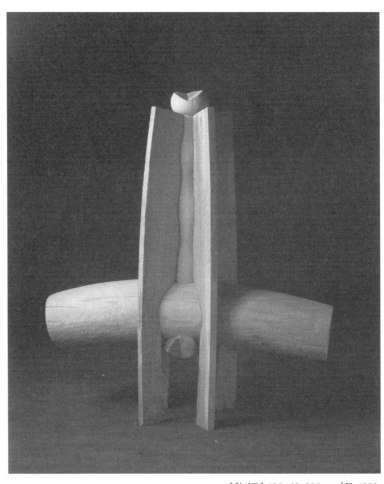

[한반도] 180×60×200cm, 나무, 1993

부활, 붉은 날개

이향숙

날고 싶었다
한쪽 날개 밖에 가지지 못해서 끝내
날 수 없었다
시퍼런 도끼날이 내 두 손목과
두 발목에 꽂혔다
때로는 심장을 향해 조여 오기도 했다
남과 북, 전쟁과 평화, 삶과 죽음, 희망과 절망
깨어있는 꿈이 수도 없이 깨졌다

숨 쉬고 싶었다
갈수록 눈도 희미해지고 코도 막혀서
입을 벌릴 수밖에 없다
먹어도 허기가 지는 어린 새처럼 있는 힘껏 입을 쩍쩍 벌렸다
몇 그루 안 남은 춘양목이 붉다 못해 보랏빛이었다

뜨겁게 입 맞추고 싶었다
연리지 같은 한 몸인데 하늘이 둘로 나뉘어서
통일을 상생을 부활을 자유를
한 몸 되어 힘껏 껴안고 싶었다

누가 심지도 않았는데
있는 힘을 다해 붉어진 맨드라미가
돌기 같은 제 씨알을
온몸 가득 숨기고
뜰 한 켠에 서성대고 있다

낯설지 않은 붉은 날개를
언뜻 본다
부활이다

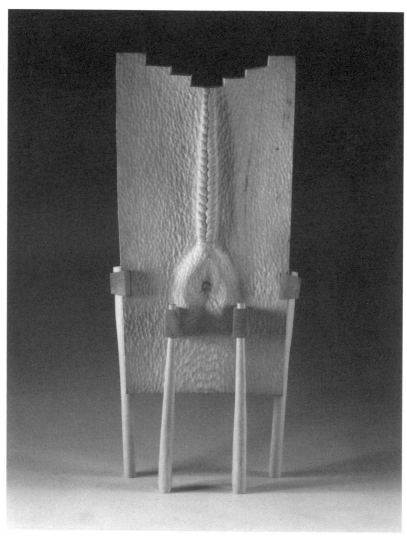

[한반도] 52×20×104㎝, 춘양목, 1996

도끼

장승진

박희선
역사 조각가라고 누군가에게 불렸던
이 땅의 소나무를 좋아했던 그가
날이 선 도끼를 만들어 세웠다
도끼날이 온통 둥근 몸통에 박혀있다

분단된 한반도를
위태로운 씨알의 땅을 사랑했던 사람
그가 찍어내고자 별렀을
찍혀 넘어질까 조바심했던
수많은 위협의 부리들을 어찌하랴

술병들 세워놓고
애꿎게 호통치고 쓰다듬고
울다가 잠들던 기억 놔두고
그는 떠나고 너무 일찍 떠나고

조바심 놓아버린 염원
입 벌리고 팔 벌리고
넓은 날개 바람개비로 돌거나
통일로 부활하거나
바이올린 선율 따라 피어나라.

[한반도] 88×91×190㎝, 청동, 1994

박희선

정현우

비구상으로 깎아 놓은 나무 몸통에
도끼 네 자루를 다리처럼 박아 세운
조각품을 본 적이 있다
도끼로 나무를 쪼갠 게 아니라
나무의 다리를 만들다니

도끼가
나무의 다리도 될 수 있다는 걸
그는 어떻게 알았을까

[한반도] 63××57×207㎝, 나무, 1993

故 박희선 작업실에서

조현정

9월의 마지막 금요일
그의 작업실엔
한 낮의 바람이 몰고 온 벗이 가득합니다
발자국에 묻혀온 빛들이 사그라지지 않으려
산과 사람 사이
청동과 나무와 돌 사이
귀퉁이가 깨진 테라코타 사이에
알알이 숨어드는 걸 지켜봅니다
未完의 춘양목 뒤로 굴러들어간 반도의 역사는
오늘도 찬란히
씨알과 씨알 사이로
날아드는 도끼날을 견뎌내야 합니다
내게도 잠시나마
휘파람을 불며 개성을 오가던 때가 있었습니다
너무 오랜 기다림은
다시 돌아가고 싶지 않은 길을 내곤합니다
너무 오랜 슬픔은
다시 웃고 싶지 않은 표정을 만들기도 하지요
바람의 안내였을까요
잃어버린 말들이 떠오르고
잊고 있던 나라가 다가옵니다
머지않아 환히 웃을 수 있는 날도 오겠습니다
먼 데서 땅거미 지고
새벽이 최대한 느릿한 걸음을 옮기는 사이
부지런히 녹슨 시간 닦아 줄 사람
박희선, 그가 서있습니다

박희선 작업실 내부

박희선의 춤

허 림

소매는 넓어서 바람소리가 났다
잘록하니 동여맨 허리에선 땀내가 풍겼다
외로 돌린 눈에는
아직 오지 않은 그대 그림자가 어렸다
나무처럼 하늘을 우러러
종일토록 그림자를 굴린다
바람에 묻어온 그대의 눈물이
팔랑이는 치맛자락에 엉긴다
긴 뿌리를 뻗어
네게로 가는 걸음은 와 이리 더딘지
툭, 가지 하나가 부러지고 곪고 곪아 아문 옹이로 박힌다
매듭을 짓듯
매듭 매듭 상처의 결을 다듬는,
다듬다듬 둥그러지는 내 삶의 왼 옆구리와
오른 가슴에선 그대 꿈에 각을 세우고
춤으로 선 그대여

나무의 속살 비린내가 난다
옹이마다 매듭진 굳은살이 만져진다
춤 추움 ㅊㅜ ㅇㅜㅁ

86

[바람맞이] 135×33×150㎝, 청동, 1991

도끼와 입술 _ 故 박희선의 「쇠붙이는 가라」를 보고

허문영

나무에 박힌
네 개의 도끼날
생명의 목덜미에 박힌 듯
급소를 찍었다

나무는
입술을 부르르 떤다
언제까지
한반도를 찍고 있는가

연약한 몸이라도
절대로 빠개져서는 안 된다
한없이 벌린
입술은 외치고 있다

이것은
아픔의 소리가 아니다
피 끓는 함성이다

발걸음에까지
매달은 입술은
언제쯤 노래를 부를 수 있을지

쇠도끼는 녹이 슬지만
나무는 제 빛깔을 잃지 않는다

나무의 입술은 쇳소리보다
더 큰 울림을 낸다

[쇠붙이는가라] 45×46×100㎝, 나무+쇠, 1993

山-사람 _ 故 박희선 테라코타 「山-사람」을 보고

허문영

나무를 사랑하고
흙을 사랑하는 그에게
누가 그리도 빨리
운명의 도끼날을 찍었나

가지런한 두 손
그냥 잠들어 있기엔
너무나 아깝게 보이는
'山-사람'
꼭 그의 얼굴을 닮았다

그토록 그렸던
한반도의 통일을 위해
제 한 몸
생의 분신分身으로 남긴 것인가

아직도
이 나라는
도끼날들이 허공을 휘젓는 나라

흙이 되어
땅이 되어 산이 되어
먼 하늘을 바라보고 있는
천재 조각가 박희선

그가 만든 '山-사람'
북두칠성 위에 누워 있다

[山-사람] 53×22×23㎝, 테라코타, 1989

칼을 두른 여인 _ 박희선의 윤희순 의사 청동상에 부쳐

황순애

당신을 본 순간
내 안에 칼바람이 입니다
치마폭에 바람을
가두어 놓으니
치맛바람은
나를 앞으로 나아가게 합니다
등 뒤에 두른 칼은
나를 향해 내리치는
채찍입니다

거짓과 위선은
칼바람에 날려 보내겠습니다
분노와 울분도
치마폭에 싸서 쓸어내겠습니다
다만 칼의 채찍을
두려워할 뿐입니다

[시작노트]
 박희선 님의 작업실을 방문하였을 때 첫눈에 띈 작품이 윤희순 의사 청동상이었다. 마치 한복을 입고 칼을
휘두르는 여인이 살아 움직이고 있는 듯한 착각을 일으켰기 때문이다. 와! 저 여인이 누구인가? 찾아보니 일
제 시대에 춘천에서 활동한 항일 여성 의병활동가였다. 그런데 내게는 그 여인이 마치 나를 향해 칼을 휘두르
고 있다는 생각이 듦과 동시에 그 여인이 현재의 나라는 이중적인 생각이 들었다. 그러니까 저기 등 뒤에 두
른 칼은 이 세상의 정의를 위해 내두르는 칼임과 동시에 내 안의 악을 물리치는 칼이다.

故 박희선 작업실에서 윤희순 청동상을 보고 있는 황순애 시인

a4동인의 신작시

권준호

기억의 향기 _역(逆) 프루스트

점심상에 올라온 냉이무침, 쑥국
식당 주인이 직접 캐온 봄이란다
네, 향이 끝내주네요 라고 못하고
그냥 끝내주네요 라고 했다

어, 왜 이래?
향기들이 까치발을 하고
코 천장의 센서를 향해 팔을 휘적였을 것이다
나는 켜지지 않는다

봄을 꼭꼭 씹었다
아무리 씹어도 알 수 없는
냉이 향이 솔솔 퍼졌을 것이다
쑥 향기가 톡톡 터졌을 것이다

센서가 고장난 지 오래됐지만
느낄 수 없다고
없는 것 아닌
존재들

아지랑이처럼 피워 올린 어린 날
저녁상에 올라온 쑥범벅, 달래무침
엄마의 밥상에서 향기가 살아왔다
향긋한 봄이었다

엄마가 버무린 봄 앞에서
무거운 수저를 들고 웃던 내가
다시 소리쳤다
아줌마, 향이 끝내주네요

이름 모를 소녀

나는 일찍 교복을 벗은 열아홉 시골 소년이었다
아무 때나 아무 데를 갈 수 있었다
서울 홍제동 친구 집에서 사당동 이모 집 가는 89번 버스
차장 아가씨는 정류장마다 사람들을 구겨 넣고
운전사는 페달을 밟았다 뗐다 사람들을 쟁였다
옆의 여학생 가방 버클이 계속 장딴지를 찍어댔다
낑긴 몸은 다리 한 짝조차 꿈적할 수 없었다
가방을 뺐었다
눈이 똥그래진 여학생
가방을 차창 옆자리의 여학생 무릎 위에 놓았다
봄비 젖은 동작대교를 건너고
봄비 머츰한 흑석동 고개를 넘으며
차가 여러 번 흔들리는 사이
여학생은 자리를 옮겨
내 등에 손을 얹고 기댔다
손가락으로 글씨를 적어나가는데
도무지 알 수 없었다
차가 흔들릴 때마다
등에 붙은 두 손이 심장까지 쓰다듬었다
고개 한번 못 돌리고 먼저 내려야 했고
춘천으로 돌아온 후
라디오에서 흘러나온 이름 모를 소녀를
오랜 세월 가슴속에 낑겨 두고 흥얼거렸다

권준호

강원도 춘천 출생. 시집『고로쇠노동조합』,『금붕어꽃』. gunjuno@hanmail.net

도끼와 씨알 **97**

김춘배

은행나무

노란 은행잎들을 보면
왜 그리 가슴 속이 찰랑거리는지
나무와 나 사이
심연의 깊은 골짜기에
흐르는 노란 下血

봄날 개나리는
왜 그리 아프지 않고
마음 달뜨게 하는 노랑의 노래인지
노란 프리지아는 꽃병 속에 꽂아두고 싶거나
그저 향기로운 사랑의 예감일 뿐이고
해바라기 노란 잎들은 타오르는 생애의 불꽃으로 눈부시고

다만으로 같은 노란색일진대
초록들을 먹어가며 거리에 흘러대는
저 은행나무의 노란색은 왜 그리 눈에 아린지
그것을 바라보는 눈길에 스산한 바람의
마른 손길은 또 무언지
잿빛 풍경을 배경으로 鮮然한 노란색
노란 눈물
노란 비
노란 눈이 내린다고
무심히 몇 이파리 주우며
그저 마지막 희망의 빛깔이라는 것 하나로도
저리 눈물겹다는 것인지

수북이 쌓인 잎들을 밟으며
노랗게 번지는 기억들의 습기에 젖은 채
몇 걸음 내딛는 발길이
조금씩 遑遑[黃黃]스러워 간다

11월의 노래 _ 그리고

다시 寂滅의 시간이다

寒氣가 약속처럼
생의 알몸을 다스리고자 하므로
뭐든 정리하고 짐을 꾸려
떠나야 하는 자리

그러나 아직 챙겨야 할 것이 남아 있는 자는
얼마나 참혹한 기분으로

차가운 적멸의 꿈을 가질 것인가

마른 풀들 사이 남아 있는
마지막 따스한 체온으로
서녘으로 지는 햇덩이

내 뚫린 가슴 구멍으로 들어와
주검 위를 지키는 촛대에 불을 붙인다

김춘배

11월의 노래 _ 끝나지 않은 이야기

바람은 어제도 불었고
오늘도 바람은 분다
내일 부는 바람은 11월에 만난다

回憶의 여러 빛깔들을

바람이 거리 위에 우수수
찍어내어 뿌려댄
플라타너스 넓적한 잎들

그리움에 할퀸 시간의 팔목을 싸매고 있다

내 가슴만큼 내려앉는 하늘의 무게로
첫눈 기다리는 마음 잠시 접힌다

여름날 못 다한 이야기들이
뼛속 시린 회한으로 다시 돌아오는 것이 싫은
11월은

마지막을 마지막으로 하나 더 마련하고 있다

| 김춘배

　강원도 춘천 출생. 강원대학교 미술교육학과 서양화 전공. 개인전 5회. 각종 그룹전 수십여회. 시동인 풀잎
활동. beller@hanmail.net

이불이 익는 밤

살비듬 누긋한 냄새를 품고 이불이 익어간다

이불이 익어서 사람 냄새가 나면 도망갈 곳 없는 사내도 잠잠히 몸을 누일 것이니
이 방은 우리가 매일 살 부비며 자는, 세상에서 가장 깊고 말간 구멍

걱정도 여기엔 들지 말고 고난도 가책도 여기엔 들지 말고
식구들이 은밀한 잠 잘 때, 부드러운 잠의 정령들만 곤하게 다녀가시라

곱게 익는 이불 위에 어린 아이들이 자고, 이 냄새로 평화로운 나라가 생겨난다

먼 곳 생각할 까닭 없이 사람으로 온전한 천국이 될 때
어린 단꿈 나눠 주러 배 위로 툭 올라오는 아이의 다리 하나

세상 별 것 없다는 듯, 이 방에 마음이나 두고 살라는 듯
이불이 익는 밤 살비듬 조용히 떨어져서 모르는 용서를 얻는 밤

허밍

어깨는 둥글고 아름답고 나는 저이의 노을을 이해했다

그이는 붉은 것을 좋아하고
낮게 허밍하는 철 지난 혁명가를 저녁에 들려줬다

분노가 지나간 자리에 퇴거, 아무도 모를 도망이 있고
이룰 것 없이 이름도 없는 단 둘이었다

서로가 좋아하는 체위로만 사랑을 하고 해변을 걷는 것이 당신과 나의 일과

알 굵은 모과 한 알 얻어다가, 탁자 위에 놓아두고 향이 가늘어졌다

증오가 지나간 자리에 퇴거, 아무도 모를 사랑이 있고
이름도 없이 뜻도 없는 단 둘이서 저무는 노을이 있었다

무릎은 둥글고 예쁘고 그이는 나의 저녁을 이해했다

나는 푸른 것을 좋아하고 낮게 허밍하는 철 지난 트로트를 조금 불렀다

모든 것은 다 아름다웠지만 이룰 것 없이 이름도 없는
이름도 없이 뜻도 없는 시절이 가사를 잃은 허밍처럼 떠돌았다

민왕기
강원도 춘천 출생. 2015년 『시인동네』로 등단. 시집 『아늑』. camus23@naver.com

박기동

마지막 애인

아마도 7, 8년은 좋이 된다. 뇌경색 진단을 받은 것이! 한번 마음먹고 들른 한의사는 내가 활 쏘는 것을 못마땅해 했다, 나 댓새 후에 양의사(주치의)에게 상담을 청하지 않을 수 없었다. 이윽고 "뭘 그럴 거까지! 먹는 혈압 약을 꼬박꼬박 드시면서 운동해도 무리는 없을 거"라는 말씀! 의사와 환자 사이에 토론이 가능할 수 없다는 걸 다시금 느끼고, 활쏘기(국궁)가 간신히 내 마지막 종목, 마지막 애인이 될 수 있었다. 너덜너덜한 애인, 눈으로만 가져보는 애인.

104

물푸레나무 가지 하나

물푸레나무 가지 하나를 꺾어서
물에다 던지면 푸르러진다. 온통 물은 깊고 푸르러지는데
물푸레나무 가지 하나가 쳐들어와
뜬금없이 쪽배 한 척이 되는 것이다.
깊은 산 속 그 자체로 깊어서 푸른 옹달샘
물푸레나무 가지 하나가
쪽배 한 척이 되는 것이다.

| 박기동

강원도 강릉 출생. 1982년 『심상』으로 등단. 시집 『漁夫 김판수』, 『내 몸이 동굴이다』, 『다시, 벼랑길』, 『나는
아직도』. phdong@kangwon.ac.kr

그마 해라

지난번에 시집 『식구』 보냈더니
―그만 하면 됐으니 식구 타령 그마 해라
이런 싸가지 없는 답을 보내온 글마에게
그래도 친구라꼬 서운할까 싶어
이번에 나온 시집 『그런 저녁』도 보낸 기라
―그만 하면 됐으니 욕 좀 그마 해라
하, 글마가 이런 느자구 없는 답을 또 보내온 기라
그래가 나도 답을 보냈지
―니라고 식구 없이, 욕 없이 살 수 있겠나
세상 사는 기 식구랑 잘 살라꼬 한 바탕 디비지다가 가는 기다
그래가 향불 뒤에서 욕 봤대이! 그 한 마디 듣고 가는 기다
잘, 살그래이!
잘,에 무엇을 담을지는 니 맘대로 해뿌리라!
글마가 여직 답이 없지만 뻔하지 않겠나
―그마 해라, 그마 해라

살라가둘라 메치카볼라 티루카카 꾸루꾸루 칸타삐아 비비디바비디 부

이것은 주문이며 수행의 한 방법이다 아침에 한 번, 자기 전에 한 번, 하루 두 번 공복 상태에서 매일 따라하면 흐트러진 기를 모을 수 있고 잡념을 다스릴 수 있으며 마침내 고집멸도(苦集滅道)에 다다를 수 있다

살라가둘라 메치카볼라 티루카카 꾸루꾸루 칸타삐아 비비디바비디 부

이것은 사랑의 묘약이며 사랑의 세레나데다 이것을 외우면 기적처럼 사랑이 찾아올 것이다

부작용. 정치인이나 종교인이나 학자가 따라할 경우 호흡곤란이나 공황장애가 올 수 있음 주의. "너 미쳤니?" 혹은 "니가 도마뱀이냐?" 이런 소리를 들을 수 있음

박제영

강원도 춘천 출생. 1992년 『시문학』으로 등단. 월간 『태백』 편집장. 시집 『그런 저녁』, 『식구』, 『뜻밖에』 등.
sotong@naver.com

귀의 염전

귀의 첫 삽은 소금 방정식
바닷물이 뱉어놓은 소금의 질량과 해를 풀 말의 사리를 찾아
오체투지하는 귀들이 염전에 엎드려 있다
먼 고대 육지에 갇힌 바닷물이 제 뼈를 발려 태양 아래 널어놓은
소금의 결정은 말의 결정을 닮았다
각진 소리들이 몸 부딪치는 내 안의 보리수
고흐가 잘라버린 귀 한쪽이
못 다 읽은 경전의 한 페이지를 구겨 처마 밑에 건다
바람이 입을 벌리고 한 술씩 떠먹이는 말씀이
하루치의 염장炎瘴을 다 쓸고도 남겠다
외이도를 뛰쳐나오는 말발굽이 수 만 평 염전을 달려
톱니 가위로 해안선을 가른다
무릎을 꿇고 참회하는 나의 게송은 부걱거리는 소금의 얼개
가두되 갇히지 않는, 해解도 결結도 함께 피어나는 귀의 염전에서
늙은 염부가 노을을 밟으며 수차를 돌린다
한 계단 한 계단 퍼 올린 말의 정수리가 순백으로 빛난다
햇빛과 바람과 시간을 태워 소금꽃으로 피어나는 바다의 뼛조각들이
예기 불안의 기울기를 귀 밖으로 밀어내는
염전에선 소금이 경전이다

달의 뒤꿈치, 두물머리

시월상달에 하는 일이란
만월을 정화수처럼 흙담 위에 올려놓는 일
하품같이 더딘 물길을 쫓다 젖은 물안개를 화선지에 덜어내는 일
다시 오겠다는 말도 오지 않겠다는 말도 없이 누렇게 바랜 달의 뒤꿈치가
고서화의 연잎 언저리를 말없이 쓸어 올리는 동안
절문 밖에선 오백 년 된 은행나무가 품으로 드는 강물을 자꾸 밀어내고 있었다

거꾸로 자란 지팡이도 길이 아니면 손을 내 젓는
하심이란 얼마나 독한 격문이냐

찻물이 식는 동안 어스름을 끌고 새 한 마리 횡으로 지나간다
반으로 갈린 강물의 실루엣이 악성 바이러스에 걸린 마우스처럼 꼼짝 않는다
경내를 맴돌던 저녁 범종소리가 두물머리를 한 바퀴 휘도는 동안
무릎을 적시는 찻물방울의 종결 어미가 툭툭 끊어진다
산비탈을 쉬지 않고 기어오른 물안개가
수종사 일주문에 한 발 들여놓은 상달이었다

송병숙
강원도 춘천 서면 출생. 1982년 『현대문학』으로 등단. 강원여성문학인회 회장. 시집 『문턱』.
chohyang@hanmail.net

이향숙

바늘꽃이 쏠려 있다

지난 밤 청댓골 사이 통째로 빠져나온
비바람이 뜨란에 서릿발로 꽂혔다
속울음 같은 머리 풀어 헤치고
오른편으로 몸져누운 꽃 더미
모양새 잡아준다고 감아쥐고
왼편으로 모두 돌렸다

툭 하며 줄기 몇 대가 끊어지고
꽃대가 맥없이 픽 스러졌다
오른편 왼편이 네겐 중요치 않다
밥풀떼기 같은 자식을 낳고 사는 듯 살듯
다닥다닥 붙어 있는 분홍 꽃들이
마냥 위안이었다

며칠째 받지 않는 전화
왼쪽으로 가 있는 네 마음을 오른쪽으로 돌리라 했다
손대지 말아야 할 마음결에 잔금이 갔다
꽃 더미도 바람에 쏠려 가는데
네 심정이 애잔하여 잠시 향방 없이 쏠려 가는 것을
미처 읽어 내지 못했다
미안하다

명랑하고 몽긋한 구름송이 같던 그 마음
채 덜 익은 마음 줄기 몇 마디가
끊어지고 부러진 거다
아팠겠다

잠깐 갯배

오죽하면
이번 생에선 감당할 수 없는 사람
그만 놓겠다 하더니
인연 끊고 살겠다 하더니
독하지도 못한 속내를 전각으로 파서 보낸다
이왕이면 제대로 다 끊어야 될 것 같다고
죄송하다며
행간이 멈춘다

갯배 타고 잠깐 건너가면 내릴 텐데
무심히 섞여 가고 조금씩만 스며들면 되는데
묵묵히 몸을 맡겨두고 흐르는 대로 흘러가는 것도
잘 견디는 비루한 방법

언뜻 흔들리는 물빛
비릿한 물 냄새를 와이어에 걸쳐 끌어당긴다
아주 천천히 가고 있는 거대한 달팽이 시계

뭍에 거의 다 왔다
한 시절 피다 지는 꽃은 변명하지 않는다
지나온 날들이 멀미 같다
괜한 엄살이다

　이향숙
강원도 강릉 출생. 2015년 『현대시문학』으로 등단. noble2017@hanmail.net

술래

초음파를 통해
내 몸 속을 본다
쿵쾅대며 뛰고 있는 심장과
흰 돌 하나 박힌 간의 선명한 핏줄까지
오래 덮어두었던
지도책 보듯한다

피를 받아 주사기를 채우고
소변도 받아 비이커에 담아두고
돌아 나와 앉아
산을 본다

보아도 보아도
흔적 없는 바람 같지만
연초록으로
곱게 부풀어 오르는
젊은 여인의 어깨선 같은
능선 너머

오래 잊고 있었던
애인 찾듯 한다

빈 교실 _ 또치쌤 고창석

세월호가 가라앉고 1128일 만에
선생님이 돌아 오셨다네
차가운 바다 밑에서 오월 신록의 땅으로
눈물로 멍든 뜨거운 가족들 품으로

객실 사이를 뛰어다니며 "빨리 나가라"고 소리치던
고슴도치 머리를 한 짱짱한 40세 체육 쌤이
자신의 구명조끼를 제자들에게 주면서
탈출하라고 쩌렁쩌렁 재촉하던 그가 돌아 왔다네
지난 삼월 녹슨 집 한 채가 바다에서 올라오고도
아무 소식 없더니 오월 화창한 날을 택해
아직 온전히 돌아오지 못한 아홉 사람 중 맨 앞장에 서서
맹골수도 거센 물 바닥으로부터 나왔다네
정강이 뼈 하나로 달려 나왔다네

엇나가는 아이들 이야기를
그렇게 참을성 있게 들어주시더니

그 무거운 세월을
그렇게 오랫동안 짊어지고 견디시다가
마침내 그 이름만으로도 빵 터질
또치쌤 고창석으로 돌아왔다네.

장승진
강원 홍천 출생. 1990년 『심상』, 1992년 『시문학』 등단. 시집 『한계령 정상까지 난 바다를 끌고갈 수 없다』.
sjjang333@naver.com

정현우

숲의 윤회

새가 나무였을 때 나무는 새였다
나무가 새였을 때 새는 나무였다
새와 나무는 새가 되기 위해 다투지 않았다
때가 되면 새는 나무가 되고
나무는 새가 된다는 걸
새와 나무는 알고 있었다

인간들은 숲의 윤회를 믿지 않았다
초승달발톱꼬리왈라비는 1956년 숲에서 사라졌다
1957년에 태어난 나는 전생의 애인
초승달발톱꼬리왈라비를 영영 만날 수 없다

산다는 건 먹는다는 거 새는 나무를 먹고
나무는 나를 먹고 나는 슬프지만
아름다운 초승달발톱꼬리왈라비를 먹어야 한다

거북이

거북이는 이빨이 없다
아무도 물지 못하겠다
거북이는 딱딱한 등이 있다
아무에게도 물리지 않겠다
느리게 오래 사는 까닭이겠다

정현우
강원도 양구 출생. 「겨울강 건너기」展 , 「향수」展 등 14회의 개인전 및 2013년 평창비엔날레를 비롯한 다수의 그룹전 참여. 그림에세이집 『누군가 나를 지울 때』외 네 권의 책을 냈고, 제4회 강원문화예술상 수상.
parohoj@hanmail.net

조현정

포도잼을 만드는 시간

노동이 헐값에 팔린 건 당신 탓이 아니야
당신은 머리를 냉동실에 처박지 말았어야 했어

자책하지 마
분노는 자분자분 졸여야 해
타버리거나 넘쳐버린 실패를 잊어서는 안 돼
그래, 지금처럼
이빨들은 강렬한 핏빛을 원해
당신에게서 향과 당과 색깔만 빼내려 하지

사느라 그랬겠지만, 당신은 물기가 너무 많아
이제 당신을 풀어 헤치고 쓸모를 따져 거르고
바라보는 식구들 몰래 뭉근히 조려야 해

아름다운 와인이 될 수도 있었겠지만
그건
당신 탓이 아니야
분명한 건, 이빨들은 아름다운 핏빛을 원해
점막을 쓰다듬는 향과 단맛과 부드러운 핏빛
먹을 때마다 당신 살을 기억해낼 거야

나는 지금 당신을 녹이던 시간을 추억하고 있어

상담^{相談} 2

 당신의 사랑은 시럽에 빠진 도넛이군요 지나친 단맛을 견딜 수 있는 것은 아주 오래 마르지 않는 눈물샘이 있었기 때문이죠 시간이 빨리 흐르는 걸 견딜 수 있는 것도 더디 흘러가는 시간을 투덜거리던 젊은 날이 있었기 때문이죠 지금 당신의 머릿속은 보랏빛 유리알, 당신 자신까지도 미리 속여두지 않으면 안 되겠어요 사랑은 머리로 하는 게 아니지만 머리를 쓰는 쪽이 좀 더 편리하지요 심장은 멈추고 기억은 지나치게 메말라 금방이라도 깨지겠어요

 자기를 향해 칼날을 세우고 칼자루를 쥐어 준 자. 칼자루를 칼날로 착각한 자. 칼날이든 칼자루든 몸에 닿는 순간 상처 입고 쓰러지는 것들 모두 당신이군요 아, 당신은 이미 맛없는 도넛에 익숙해서 포기조차 익숙해요 꼭 싸워 이겨야 할까 고민조차 안 해요 하지만 저길 봐요 여자 아이 하나 손거울을 들고 행운꽃방 앞을 지나가네요 꽃방 안에는 사랑스러운 여자가 꽃을 포장하고요 눈을 가린 채지만 아무 문제 없죠 쇼윈도 인생에 칼만 내려놓으면 되겠어요 당신

│ 조현정
강원도 춘천 출생. 시문 동인. (前)강원민예총 문학협회장. dalip89@naver.com

나무

세상을
그는 서서 바라본다
더 멀리 보려고 몸을 곧추세우기도 하고
넓게 보려고 가지 끝 끝 뻗어보기도 한다
땅 위에서 벌어지는 일들만큼
푸른 눈이 붉어지도록
바라보고 또 바라본다
보고도 아무 말 없고
보고도 바람에 떨어버리고는,
그만이다
단가
그만인 세상 그는 나무처럼 서서 본다

불쑥

뒷문으로
컴컴함이 불쑥 밀고 들어왔다
짐승들의 무서운 비린내가 났다
며칠 비운 시간만큼
그대가 살다 간 온기다
돌이켜 보면 나는
토박이처럼 텃세를 부린 것인데
두고 보자
마음 벼린
저녁의 길목의 캄캄함

｜ 허 림
강원도 홍천 출생. 1988년 강원일보, 1992년 『심상』으로 등단. 시집 『신갈나무 푸른 그림자가 지나간다』,
『노을강에서 재즈를 듣다』, 『울퉁불퉁한 말』, 『이끼, 푸른 문장을 읽다』. gjfla28@hanmail.net

허문영

고 택^{古宅}

넓어진 대문 틈새로
모진 세월이 드나들고
흙담은 무너져도
마당의 너른 기품은 의젓하다

장독대 옆 모과나무
새콤한 침묵을 풍기고
감나무 끝 까치밥
푸른 하늘로 달디 단 얼굴을 내밀었다

누가 살았더라도
군자가 되었을 바깥채
누가 깃들었어도
규수가 되었을 안채

아기 얼굴처럼
보듬고 닦아주던 대청마루
옹이구멍은 바람에 커져버렸어도
아직도 반짝반짝 윤이 난다

옛 이야기를 하는 듯
담장에 기대선 배롱나무 꽃들
저녁노을처럼 피어 있는
한옥^{韓屋} 한 채

내 안에
잠시 들어앉혔다

새벽오줌

아버지 웬일이세요
여기 이른 새벽인데요
요새도 거시기 보시기 어려운가요
벌써 몇 번이나 깨셨어요

여긴 봄인데
거기도 꽃들이 피었겠지요
돌 속에 계시니
입김으로만 봄을 느끼실 거예요
아무래도 차갑겠지요

웃풍은 없나요
봄비는 들이치지 않나요
아직도 밤은 차니까
돌창문은 꼭 닫고 주무세요

아버지 가끔 나와서 별도 보세요
새로 생긴 손자들이 반짝일 거예요

새벽오줌을 누며
문득 거울을 보았더니
저를 안고 쉬, 쉬이 하시던
아버지가 서 계시네요

　허문영
　서울 출생. 1989년 『시대문학』으로 등단. 시집 『내가 안고 있는 것은 깊은 새벽에 뜬 별』, 『고슴도치 사랑』,
『물속의 거울』, 『사랑하는 것만큼 확실한 건 없습니다』, 『왕버들나무 고아원』. 시선집 『시의 감옥에 갇히다』.
myheo@kangwon.ac.kr

황순애

누나

누나 점심 값 누나 애들 용돈
누나 병원비 누나 돈 돈 돈
마지막 인사도 누나 돈 보내 하는
피붙이와 헤어져
입석 열차를 탔다

어린 날 남동생처럼
해맑은 한 남자가
열차 한 모퉁이에서
핸드폰을 한다

누나 조심해서
잘 올라가세요

황순애

강원도 춘천 출생. 1998년 《심상》으로 등단. 시집 『황홀한 당신』. phania884@gmail.com a4 시동인 14집(2017)

도끼와 씨알
- 박희선 조각가를 찾아서

1판 1쇄 인쇄 2017년 11월 1일
1판 1쇄 발행 2017년 11월 15일

지은이   a4 시동인회
발행인   윤미소
발행처   (주)달아실출판사

기획   박제영
편집/디자인   (주)디자인패러다임 T. 02-3141-0706
마케팅   배상휘

주소   강원도 춘천시 서부대성로 48번길 12, 2층
전화   033-241-7661
팩스   033-241-7662
이메일   dalasilmoongo@naver.com
출판등록   2016년 12월 30일 제494호

ISBN   979-11-88710-00-3 03810

· 이 도서의 국립중앙도서관 출판예정도서목록(CIP)은 서지정보유통지원시스템
  홈페이지(http://seoji.nl.go.kr)와 국가자료공동목록시스템(http://www.nl.go.kr/kolisnet)에서
  이용하실 수 있습니다.(CIP제어번호 : CIP2017028135)
· 이 책은 (재)춘천시문화재단 2017 문화예술지원금을 지원받아 제작되었습니다.
· 잘못된 책은 구입한 곳에서 바꿔드립니다.
· 책값은 뒤표지에 표시되어 있습니다.